KB132335

아침이 부탁했다, 결혼식을
송재학 시집

문학동네시인선 169 송재학

아침이 부탁했다, 결혼식을

시인의 말

예컨대, 서쪽 노을이 나의 외부이기도 하지만 그게 생활의 불온이며 내부라는 짐작을 한다. 내부는 애먼글면 또 누군가의 외부, 지금 내 눈동자와 눈썹까지 들여다보거나 헹구어야 하는 이유이기도 하다.

제임스 터럴의 〈간츠펠트(Ganzfeld)〉에서 시작한 시집의 1부 이전에 이미 이상과 김소운의 결핵문학과 『르베르디 시선』 위로 페소아와 페소아들이 뒤섞이며 2부와 3부의 시절이 엮어졌다.

2022년 5월
송재학

차례

2부 물망(勿忘)의 연두색이 계속 돋았다

1부

아침을 담는 항아리

일출이라는 눈동자

성한 눈썹만 겨우 데려왔으니
저게 누군가의 눈동자였는지
왜 뭉개진 입이었는지
오래전부터 궁금하더니
바다의 손아귀에서 천리만리 도망쳐온
사내인지 계집인지
여하간 보석을 훔친 발걸음이라 하네
끝 간 데 없이 멀어지는 난파선이야 그렇다 치고
난바다이거나 든바다이거나
그쯤이면 팽개치고 보름보기로 살아도 좋으련만
애원마저 꿀꺽 삼키고
무정하다는 글자를 휘갈기지 않고도
오늘 아침 눈꺼풀과 손가락은
눈 부릅뜬 일출까지 직선이라고
언구럭 부리는
파도가 곁눈질하면서
제 눈알 한쪽을 남몰래 뽑아 바친 걸
모르는 개뿔 소리이지
벌겋게 달구어진 해를 안와골절 속에 다시 집어넣어봐야
단맛이든 쓴맛이든 요량하겠지

애면글면

 건너 바다는 치사량의 색을 벼리는 중 물결은 어떻게 붉은색에서 코발트까지 넘실거리는 파문을 가시광선의 서랍 속에 쟁이었던가 자신이 왜 아름다운지 생각하는 래터럴 라인*이 뭉클해지면 하늘은 바다의 며칠, 햇빛과 바다가 뒤바뀌면서 상형문자에 가까운 백열등 점등이 빨라지니까 바다는 열 마리의 들쇠고래 백 마리의 들쇠고래 천 마리의 들쇠고래의 지느러미와 합쳤기에 파도는 한 마리 들쇠고래의 뼈이면서 또한 불빛과 종소리가 교대로 솟아나며 고래 울음 위의 노을까지 모두 파도의 명랑이라는 바다

* lateral line. 측선 혹은 옆줄이라고도 한다. 어류의 몸 양옆에 머리에서 꼬리 쪽까지 줄 모양으로 길게 배열된 촉각기관이다.

일몰의 구름은 무엇의 일부였을까

방금 다친 거대 아가미의 내출혈과 한 번도 전체가 드러
난 적 없는 생물의 일부는 같은 종족인데

귀 없는 저녁놀을 자주 접한다 수승화강을 삼킨 석양이 서
쪽의 명치에서 찌르르 울린다 우울과 황홀이 앞서거니 뒤서
거니 내 위궤양의 요철을 고스란히 반복하는 성층권의 입김
은 어디까지인가 화목문 자수로 덮인 출혈을 경계로 동쪽과
나뉘는 서쪽이다 슬그머니 어두워졌다면 무탈했을 하늘이
지만, 저건 위험신호, 누구나 매일 접하지만 누구도 알지 못
하는 비구상 생물이다 짐작하자면 희로애락의 색감이다 아
쩔한 것과 서늘한 것들을 자꾸 끄집어내는 저녁놀, 석양의
질감은 장면전환의 페이드아웃처럼, 생각을 오래해야 할 문
답처럼, 오래 반복되고도 늘 새것인 저녁의 이유가 방금 도
착했다 서로 다른 질문을 가진 노을 너머 또한 여기와 다름
없이 다시 노을이니까 데칼코마니, 한 쌍의 출혈이다 3할의
피를 감추어야 하지만 모든 피가 흘러나왔다

수선을 위해 속을 뜯어낸 서쪽 노을에 정념의 벌레가 도착했다

꽃그늘 아래를 무심코 지나칠 수 없었던 시절, 개펄에서 건져올린 목선의 좌현이 서쪽 하늘에 얼비친다 오래된 유화처럼 갈라지고 터지면서도 딱딱한 돛은 미풍에도 펄럭거린다 혀를 깨물어서 더듬거리는 정념에는 핏물이 고였다 후박나무와 고양이 울음이 발각당한 노을 아래를…… 태연하게 지나갈 수 없다 기우뚱 폐선과 함께 기울어지는 석양에는 꽃잎 대신 색조만 섬뜩하다 붉은색이 노을의 횡격막과 닮았다면 그곳에는 뻣뻣한 머리칼이 현악기의 활처럼 박힌다 견딜 수 없는 사람이 견뎌야 하는 석양의 무구가 있다면 밤이 오기 전에 보았던 별빛이 서쪽에 박혀 있다 노을은 늙음이 허벙저벙 짊어지는 등뼈, 그 속에 얼굴만 있지 않듯 노을이라는 천문에 얼굴만 비치는 건 아니겠지 세상에는 얼굴과 닮은 것이 왜 이토록 지천인가

붉은 아가미

북해의 곤(鯤)이 변하여 붕(鵬)이 되었고 다시 변하여 접(鰈)이니, 흔히 굴풋한 가자미로 불린다 한 번도 그 크기를 적지 못한 가자미, 하늘의 틈으로 엿본 것은 아가미의 기계 일부, 그것도 창문까지 번져온 입김 같은 노을의 비린내로 짐작할 뿐이다 숨쉴 때마다 꾸역꾸역 붉어지는 서쪽의 비위가 싫지 않은 것은 이미 내 몸이 비애와 바뀌었기 때문이다 몸속의 모든 것을 피로 뱉어내며 내가 흥건해졌다 나와 섞이기 위해 저렇게 붉어졌다 그때 우레가 배경이라면 가자미의 숨쉬기이다 저렇게 피 흘리며 한사코 서행이다 후회하면서 나도 동행이다 얼마나 많은 서약서를 챙겼을까 그 숫자를 헤아리기 어려운 뭇별이 떴다 저 몸치가 죽지 않겠지만 맹세가 무거우니 천석고황을 피하지 못하겠다 오늘 발작이 많았고 몸이 어두웠으니 야행은 수월찮다 먹은 것 거칠었으니 새벽까지 뒤척이는 칼바람 소리 듣겠다 지느러미 하염없이 늘어나는 선홍빛 노을이여

노을이라는 얼굴

낯선 얼굴이 필요하다면 서쪽의 몽타주를 보라 몇 사람만이 노을이라는 얼굴을 이해했다 언어를 뭉개버린 서쪽은 21세기를 이미 건넜다 서쪽이 챙긴 화장 거울은 얼굴을 뼈의 윤곽과 함께 기억하고 있다 경첩에 붙은 나비 장식은 부식되고서도 거울 속을 날아다닌다 서로가 서로를 괴로워하는 더듬이의 형용사끼리 엉키다가 부서졌다 구름은 장례식마다 참석했다 육식과 잡식성이 서로 으드득 집어삼킨 서쪽이다 한 움큼 꽃을 꽂은 머리칼이 쏠린다 별일 아닌 듯 헐은 얼굴은 자꾸 색이 변하는 파스텔을 고른다 얼굴과 물고기가 같은 실크 스크린으로 몇 번이고 프린트된다 얼굴이라는 문장마다 외부는 내부의 가면이라는 능청스러운 이정표가 붙어 있다 불곽이 있는 저 노을을 보라

노을이라는내부*
— 내부 3

외부이기전에먼저내부이다 시간을퇴적시키는내부 서쪽
이제무덤의절반을사용해서보여준내부이기에안간힘으로단
면의표정이다 삶과죽음이납작하니함께있는곳

내부이기에고아이면서이중국적이다 나비의항적을대신하
는천연색 창문을가로챈스테인드글라스 천개의폭죽을실천
하는통점

흰색을자꾸떼어내고습지로연결되는내부이다 내부가외부
를외부가내부를만들고있다

그게죄다소리를내지않는다 침묵이가지는살림 이목구비
대신노래를챙겼다 내부는내부와도짝짓기를원한다

이것은한번도외부가절실하지않았던내부 그안의서사를해
결하지못했던내부에서흰피가솟아난이유도알겠다 비명을지
르지못하는불온한핏물이다

* 이상의 시 「위독―내부(內部)」에서 형식과 각혈의 이미지를 차용
했다.

노을 혹은 목판화 제작소
—내부 2

　청묵 갈묵 칠연묵 백묵 채묵, 온갖 먹을 챙기는 서쪽 노을
에 목판화 제작소의 간판이 있다 뼈가 부서졌거나 뼈가 만
져지는 야수파 말의 무리는 먼지와 말발굽의 붉은 소묘가
차지했다 낭떠러지를 향해 부조를 남긴 새떼는 발목만으로
전사되었다 산벚나무 힌트를 남긴 목판이다 노랑가오리의
지느러미는 보랏빛이지만 고요와 아우성의 잉킹이다 내일
수정해야 할 목판 원본이지만 조금씩 핀이 어긋나서 또 윤
곽이 헝클어졌기에 가칠이 중요해졌다 내부만 보고자 한다
면 알전구와 다색 프린팅이 필요하다 내부가 외부를 불러오
는 색이다 아무도 본 적 없는 채색은 내부에서 걸어나왔기
에 가능한 허기이다 내가 필사한 무채색 허공들

유화*
—내부 5

분홍 나비떼 속이며
스크린 안이기도 하다
갈 수 없는 곳까지 왔다
폭설의 입속으로 왔다
들어왔던 입구는 닫히며 스크린으로 바뀌었다
외부가 내부로 바뀌었다
현실과 몽상이 갈마들며
몇 걸음 앞에 산란하는 또하나의 스크린,
너비와 깊이가 희미하다
몸이 점차 굳어가며
굴절의 마음을 삼킨다
그리하여 두 눈을 포함해
수천 번 덧칠한 유화가 완성되는 것이다
부질없거나 사소한 빛을 지닌다

* 제임스 터럴, 〈간츠펠트(Ganzfeld)〉에서 착안했다.

지하실
—내부 6

    지하실 문 앞에서 폭설을 떠올리는 생각은 그곳이 몽환의
갈음이기 때문이다 불을 켜면 대설주의보는 한 뼘만큼 고
요하지만 비뚤어진 책들의 모서리마다 시선이 간다 읽다가
접어둔 인도 고대사도 평화롭기에 어둠에서 한나절 지낸 오
돌토돌한 산스크리트어 발음 때문에 고대 인도의 집자(集
子)가 달라졌을 법하다 무덤의 전실에 나비떼와 같이 갇혀
버린 이야기는 지하의 빈번한 서사이다 하루 만에 되돌아왔
지만 천 년의 허무가 채워져 있다 어둠이 새겨진 십 리터의
습기, 물방울이겠거니 했더니 공기의 패총이란다 내부는 채
식주의자의 식욕처럼 비밀이 생겼다 국적이 다시 바뀌었다

너라는 조문

계단마다
이름이 있으리라는 짐작
오래된 아파트의 구조는 내 척추 엑스레이와 다르지 않다
1층부터 빼곡한 벽의 낙서조차
수신자 불명의 편지처럼 흘게눈이다
길 건너편 불빛을 불빛이 물어다주고
멱살과 잇몸이 딱딱해진 이유는
너의 중력이 무거워진 탓이 아닌가
이제 겨우 2층, 웃자란 내 그림자가 나를 덮는다
무릎 연골에 물이 찰랑거린다는 검진서는 아직 호주머니
에 있지만
어떤 명암은 흑백만으로도 화사하다는 거야
3층은 와자지껄, 웃음을 흉내내고 있어
여기까지 올라온 앰뷸런스 소리
몸은 뚱뚱해지고 숨소리는 급해진다
천 개의 철근이 몸속으로 파고드는 환청 위에
4층의 잠
하릴없이 욕지기가 고인다
후회는 없다는 난간은 날숨과 잠시 연결되었다
5층의 복도에는 화장이 번진 노을이 잠들었다
설익은 저녁밥 냄새 때문에
계단을 딛고 탄생한 계단의 되새김질
그 위에 쪼그려앉아 으레 토악질한다

구석에 근조등의 외눈이 불그스레하기에
너의 왼쪽 눈은 잘 때도 감기지 않는다는 독백과 겹쳐졌다
너의 사인(死因)은 왜 불분명한가

얼음일까 거울일까

이러니저러니 바다를 모르겠어
파도도 마찬가지
갈매기의 날갯짓이야 해끗한 처정이려니 하지만
일출도 매양 눈맵시부터 자근자근 달라지지만
바다만은
늘 출렁이다가
하늘과 마찬가지로 근심스러우면
소스라치며 딱딱해진다
호락호락하지 않기에
지평선까지 죄다 얼어버리는 면적이란
내 몸의 습지까지 냉큼 포함해서겠지,
선뜻 단정 지으면서도
그게 산산조각난 이야기들을 비추기 위한
다뉴세문경이라면, 오
지레짐작한다

방파제 저녁

해변에서 두 사람은 실루엣으로 만났다
이별을 위해 방파제라는 저녁이 등장했다
너울이 아니라도 침묵이 입꼬리를 슬며시 올릴 시간이다
물기가 있는 발자국과
갈매기의 날갯짓은 같은 방향이기에
두 사람만으로 쓸쓸하기에
노을까지 이끌고 왔던
방파제의 하루
붕대를 감아야 하는 방파제 긴 팔 때문에
가슴이 서늘했던 두 사람이다
지평선의 빗금을 고고샅샅 기억에 담았던 두 사람이다

인면어

타인의 얼굴을 한 물고기
물고기 모습의 내 얼굴
아니면 그 둘이 겹쳐진 이목구비
싫어졌거나 좋아했거나
얼굴은 서로 닮아가는 걸까
사람 흔적이 없는 곳까지
가까스로 멀어지다가
다시 인가 근처 되돌아온 저 얼굴을 보고
이제 사람의 식성을 버리고
물고기처럼 변해가는 사람이 있다
노린재가 제 등껍질에 사람의 눈과 코를 새긴다면
인면어는 대체로 사람의 사나운 이빨을 보여준다
노을이 세상을 바라볼 때 인면어 문양을 앞장세운다

신체와 콘트라베이스

잠들지 못하는 밤의 손발로 나무를 깎아 사람을 만들었더니 추위를 견디지 못한다 아가미를 남긴 채 속을 헐어내자 뉘엿뉘엿 편서풍에 헹군 악기만 남았다

그림자와 그림자가 섞이고 마주치는 현의 인기척이 더디면서 생의 잎새는 한 뼘 더 길어진다

그때 콘트라베이스의 떨림은 온몸을 몇 차례 돌아다닌 핏물과 다름없다 그게 급기야 슬프디슬픈 시선이 되었다 사람은 저녁을 되풀이하는가보다

꽃을 보아도 후회가 맨 앞, 약음기로 불어온 숨에 몸이 부풀면서 울림판을 채우는 억양들

입이 부르튼 통점 그리고 멀리 떠나는 사람이기에 지판에 손자국은 남는다 속삭임은 기어이 나뭇잎의 입말을 되새긴다

무언가 삼켜야 어딘가 시큰거려야 토해낼 수 있는 소리가 있다면 적층 대신 깎아서 이루어진 소리 또한 쇠첩에 그려져 있다

죽음처럼 불가피해야만, 평생의 저음이 고이지 않을까

아침이 부탁했다, 결혼식을

아침을 담는 항아리는
천 개의 색을 모으는 중이다
무채색 주둥이까지 포함하니까
구부리고 번지는 밀물까지 돌과 함께 물렁해져서
어딘가 스며들어야 하는 해안선이 되었다

소년의 표정이 왔다
하늘가에 인기척이 수런거리더니
아침 식탁에 별자리를 펼치는 리넨

꽃 사이에 꽃의 생활을 심고
돌 속에 다시 돌을 옮긴다
꽃은 희고 돌은 검다가
둘이 합쳐서 가슴까지 검푸르다

비거스렁이 하품과 거품이
썰물을 부추기며
무시로 글자를 쓰다 지운다 싶은데
동심원이 모였다
물의 관습이라는 결혼의 상냥한 목소리가 들렸다

물기 흥건한
계절이 아니라면 여기 오래 머물겠지만

이름을 잊었기에 무엇이나 포옹하는
이 아침의 긴 역광을
어디 눈썹 없는 기별만 탓하랴

십 년 후를 만날 때까지
물결이 굳어질 때까지

사람의 노을, 노을의 사람

한 사내가 불쑥 노을에 손을 집어넣어 무언가를 더듬는 거지 이곳에서도 누군가 새를 키우고 우체통을 기웃거릴까 말더듬이의 촉각으로 색을 만지면서 아가미 호흡이 더 익숙하다는 것을 이해하는 시간들, 누구나 스스로의 피의 쓸모가 어떤지 알고 피가 어떻게 고여서 굳어가는지 피가 무엇과 비슷한지 안다 최대치의 출혈과 마주치면서 버려지고 하찮은 것들, 이를테면 동전이나 압핀마저 소중해지고 대담해지면 이승에 없는 눈이 생긴다 너덜너덜 기운 것 같은 습도 때문에 빈혈과 다를 바 없다 언제나 새떼가 가져왔기에 소란마저 헹구어지면서 노을의 지층이 된다 익사체도 날짜도 그곳의 늑골을 빌리고서야 숨을 수 있는

2부

물망(勿忘)의 연두색이 계속 돋았다

르베르디를 읽는 르베르디

살인자의 발자국도 죄의식 너머의
풍경이기에
누드를 기록하기 시작한
20세기 이래
눈동자는 자신의 얼굴 절반부터 제 속에 구겨넣고
자화상을 그렸다
피와 고독의 입술에 자신의 입술을 포개었다
어둠을 사용할 때도
열 개의 손가락은 결국 자신의 피치카토를 내밀었다

시집에는
솔렘 수도원 가는 길이 선명하지만
건반 같은 징검다리를 디뎌야만 했다
공중을 들어올리는 바로크양식의 길은
자신의 그림자가 무수히 매달리는 천 길 벼랑을 깎아놓고
이정표를 세웠다
맨발로 불붙은 숯 위를 걸어가는
지평선을 완성하려고
또는 자신의 죽음을 메우려고
비 젖은 육신과 주검이라는 직선이 동시에 도착했다

독백의 발명이야말로 사람의 발명이라는
르베르디 시집의 여백에

수척한 별빛이 입을 보태었다
……누군가 나를 기다리는 세계 끝에서*
자신을 먼저 읽어야 한다는 비가(悲歌)의 시집 속에서

* 피에르 르베르디, 「지평선」(『르베르디 시선』, 정선아 옮김, 지식을
만드는 지식, 2019)중에서.

결핵문학

결핵문학의 전후를 마산에서 찾는다 엽서에 입김을 남기면서도 머뭇거리는 모월 모일, 밤이면 조금씩 아파가는 병의 살결이 눈부신 걸까 나도향과 임화를 따진다면 아름다운 마산에서 환멸의 섬섬함을 주는 쓸쓸한 마산*까지 세로의 날짜들이다 체온이 올라가는 안개가 모이고 어디서나 종소리가 들린다 파스와 에탐부톨을 지겨워하던 내 아우도 결핵문학을 거친 손 맑은 청춘을 만진다 전선줄에 매달린 낮달이 웅웅거리는 신열에 시달리는 동안 경남문학관 가는 오래된 열차표를 받았다 그곳에서 뒷모습이 푸르른 천사를 만나겠다 붉은 노을의 섶으로 피를 흘린다는 병의 연안은 길고 습했다 밤으로만 다니는 짐승의 생김새가 병의 이름과 비슷하지 않은가 남천의 알록달록한 이파리 너머 수평선이 생겨서 등대가 있다 나를 들여다보는 병과 같이 수축하는 불빛, 누군가의 동공이기에는 너무 어둡거나 밝다 내가 알던 친숙한 감정의 마산은 엎드려 엽서를 쓰기에 적당하게 따뜻한 곳

* "마산에 온 지도 벌써 두 주일이 넘었읍니다. 서울서 마산을 동경할 적에는 얼마나 아름다운 마산이었는지요! 그러난 이 마산에 딱 와서 보니까 동경할 적에 그 아름다운 마산은 아니요, 환멸과 섬섬함을 주는 쓸쓸한 마산이었나이다." 나도향의 단편 「피 묻은 편지 몇 쪽」(『신민』 1926년 4월호)에서 발췌. 이 소설은 염상섭에게 보내는 편지 형식의 단편이다. 그해 8월 나도향은 지병으로 요절했다.

이장(移葬)

눈썹처럼 한일자이지만 구불구불한 획이다 봉분을 열자
금방 늑골이다 뼈 한 자루가 몸을 턴다 어떤 부분은 너무 희
고 어떤 부분은 얼룩덜룩한데 명암이 합쳐진 듯 자연스럽다
가시도 없고 약(掠)이나 탁(啄)이라는 삐침도 없이* 50년
내내 고요한 입이었다 글자를 배우려고 아카시아 잔뿌리들
이 하얗게 덤벼들어 자잘자잘한 지평선을 만든 게 잘 보였
다 기어코 살과 뼈로 송연묵을 갈아서 새긴 글자, 한밤중이
면 깨어나 먼 데까지 빛났던 형광물질을 대낮에 움켜쥐었다
아버지라는 한숨이 나왔다 늑골과 연결된 모든 뼈들의 숫자
를 한꺼번에 만졌다

* 중국 시안 비림(碑林)에 전시된 비석은 글자에 삐침을 일부러 생략
한 경우가 많다. 농사의 근간이 되는 밭 위에 아무것도 억누르는 것
이 없어야 했기 때문이라는 설이 있다.

풍자

여기서 괴로웠다, 라는 붉은 글자를
새 벽지가 말끔히 덮었고 손사래도 일도 없다
오래 지나
집이 허물어지고 벽지가 뜯어지면서
몇 사람이 보았다

여기서 죽는다, 라는 한 문장

그랑 저테

발레복은 희고 가볍지만
토슈즈를 벗어던지고픈
맨발의 얼룩과 같은 마음이던
은빛 종소리이기에

검은 잉크를 가득 품고
발레리나가 도약할 때
허공에서 더 높이 치솟아
몸의 선을 고스란히 옮긴
층층 꽃봉오리와 닮은 소리가 펼쳐지면
몸의 자국을 세공한
금은의 작은 잎들도 따라오기에
빈 무대 구석에서
등뼈를 구부리지 못한 그림자마저 봉합선을 남기고
아름다움과 섞이면서
거기,
두려운 숨소리까지 합쳐서
금방 녹아버릴 눈사람이다

신기루의 사전

신기루가 사막 가운데 나타나려면 호수가 등장해야 한다 이야기 속의 호수가 신기루였다면 신기루 또한 허공의 입김만은 아니다 눈동자가 변신한 입, 입이 달라진 눈동자의 호수를 거듭거듭 들어올리는 사막은 친수성이다 수만 번의 갈증을 견디는 오아시스 때문에 초식동물인 양 호수는 되새김질을 반복하고 있다 떠나고 돌아옴은 싫지 않은 역할이다 우리가 놓치는 생각 중 하나가 신기루가 되어 사막에 제 몸을 빌려주었던 호수가 떠나고 난 뒤 그 자리에 또 어떤 호수가 자리잡는가 하는 것이다 잠시 신기루였다가 되돌아오면서 시퍼렇게 멍든 호수는 한 치의 어긋남 없이 제자리로 찾아오는 것일까 기록에 의하면 순례에서 돌아오지 못하고 말라버린 호수는 점점 늘어나고 있다 신기루는 호수의 생멸 일부이다 사막의 기억은 사라져버린 호수를 찾아서 현재의 모든 호수와 연결되려는 것이다

장마

　비의 눈썹 근처 내가 두고 온 곡두 눈썹은 가늘고 길면서 아름답게 휘었다 빗물이 뚝뚝 흐르는 손이 얼굴을 만지면서 눈썹을 심어주었다 비는 빗속에 숨는다지 비의 요기(妖氣)를 걱정하는 눈썹은 성글지만 불 끄고 눈감으면 비가 탄생시킨 짐승이 덮치는 행사가 차례로 왔다 눈을 뜨면 그냥 쇄쇄한 빗소리, 다시 눈을 감으면 눈썹이 굵어지는 짐승은 면면부절 숫자가 불어난다 물맛을 보면 호랑이의 탈과 곰의 둔갑도 있을 터, 내가 나오길 기다리거나 저가 들어오길 원하거나 폭우는 안팎이 팽팽하다 차가운 빗물이 얼굴에 닿는다 불을 켜면 기척은 빗소리뿐이지만 의심은 암귀처럼 자란다 눈썹의 수많은 근심과 겹치는 짐승 중에 사람이 으뜸이라 귀는 탄식이 많고 눈썹은 정이 많으니 흰 머리칼을 서로 미룬다 젖은 눈썹 근처 엎드린 채 물어보니 오늘이 우중 며칠인가

시처럼 북처럼*

 단풍이 찬란할 때도 울지 않는 북이 있다 붉은 북은 쉬이 울지 않는다 울어야 할 때 불쾌해지면서 잎을 죄다 떨어뜨리고도 울음을 시작 못하는 북이 있다 늘씬하게 두들겨야 떨리는 막면이라면 북이라 할 수 없다 두들기지 않아도 온몸이 떨리고 두들겨도 울지 않는다면 능히 북이라 할 수 있다 설핏한 막면이 찢어져도 생을 기워서 울부짖는 북이라면 감히 북이라 떠받들 수 있다 왜 북에게 손발 대신 심금이 필요할까마는

* 조식의 「제덕산계정주(題德山溪亭柱)」에서 착안했다.

입이 수평선이 되기까지

본디 육식성을 드러내는 부림짐승 중 입이 얼굴을 대신하는 경우가 얼마나 많은가 귀밑까지 찢어진 입꼬리가 번들거리며 목탄 입이 자꾸 번지는 것을 보라 아직 숨이 붙은 물고기를 꿀꺽 목구녕으로 넘기는데, 반쯤 삼켜진 물고기가 펄떡거리며 괴로워한다 되살아나려는 물고기의 패악을 흥미로워하는 입이다 반쯤 남은 지느러미에서 선혈이 치솟아 목젖을 적신다 몸부림치는 물고기를 입술인지 얼굴인지 혀로 핥고 있다 미끄러지듯 물고기가 사라지자 검음도 다짐하듯 닫혔다 손가락 없는 몽당손이 얼굴을 쓱 문지르자 입이 사라졌다 구불구불한 수평선이 생겼다

정(情)

보고 싶은 것을 억지로 참아 끊어질 듯 이어지는 게 정(情)의 비결이다 언틀먼틀 요철이 들락거리면서 비로소 형체라는 물컹한 감정을 일군 것이 육(肉)이요 땅에 바로 세운 채 직립한 것을 뼈(骨)라 일컫는다 그것들은 해체가 어려운 가역반응이다 정은 살과 뼈에 번갈아 달라붙지만 결국 내부의 돌림으로만 떠돌기 쉽다 곰살맞은 육신을 물끄러미 바라보면 알 수 없는 곳에서 서늘한 이유는 정이 먼저 움직이기 때문이다 하지만 정과 살과 뼈는 서로 다른 사람을 쳐다보기도 한다

강

물고기가 사라진
강을 건너는데
폭우가 오기 전에 이미 물풀까지 잠겼다
태풍은 강의 남쪽을 씻어내는 중
돌아가지 않겠다고 다짐한다
고개조차 돌릴 수 없다
흙탕물이 강바닥에 묻힌 뼈를 자꾸 수소문한다
불귀라는 꽃이 피어야 건넌다는 강
물살마다 아귀들이 득시글하다면
소용돌이에는 잎사귀 드문한 나무등치가 떠밀려온다
어디까지 내 피인가
두 손이 강의 아귀를 겨우 붙잡았고
강물은 목젖을 내놓고 울었다
정을 끊는다는 절정과
정이 없다는 무정이 뒤엉켜 흘러간다
어금니를 앙다문 검음만
먼저 도착한 강가에서 사레들 때
귓가에 맴도는 되돌아가라는 속삭임
몸이 산산 흩어지려는 서리서리 두려움 때문에
나,
강 중심에서 친친 묶여버렸다
강의 북쪽이자 끝이 천 길 폭포인 것도 알겠다

마네킹 실종사건

철교 아래 버려진 악다구니 속에서 마네킹을 찾았다 너는 누구냐 너무 많이 생략된 신체 때문에 어리둥절한 몸으로 우물쭈물, 빤 하관의 마네킹 뒤로 자꾸 멀어지는 집들은 곧 어두워질 관절을 조립하고 있지만 사라져버린 모서리를 어스름이 먼저 만졌다 손가락이 없는 손가락 발가락이 없는 발가락이 태연하다 마네킹 오른쪽 어깨의 빗금 또한 스산하다 어긋난 뼈를 겨우 맞춘 과거 때문에 옷을 입었지만 사람보다 침착하다 한 번도 외로움을 실행하지 못했던 마네킹이기에 말이 드물다 맥박도 숨소리도 고르지 않지만 언젠가 한 번 마주친 얼굴이다 분주히 속삭이는 건 외래종 자리공들의 떨림, 마네킹의 주검/실종은 초록 아래 미제사건이다 함부로 파헤쳐진 송유관 옆 마네킹이 머문 자리에 거웃처럼 검은 기름이 고인다 너는 누구냐

위와 헛묘

위(胃)의 날문부에 봉분이 생겼다는 것은 딱딱한 아랫배를 만져보면 알겠어, 내가 자주 게워내는 노란색 액체란 위경련을 움켜쥐었을 때의 결론이다 점막의 긴장이 아니더라도 위의 천공은 죄다 옛 무덤의 발굴이다 골립 든 증상만을 본다면 내 위 속을 금속 날개의 비행기가 느리게 통과중이다 어딘가 새겨진 비문의 간섭으로 이사금이든 마립간이든 신라 왕의 계보도 외울 수 있지

저번 투약만으로 다스려야 했는데 다시 몇 달 치 처방을 받아서 삼키고 나면 몇 시간은 편안하거나 쓰라린 알약들이야 내 위 속이 유사(流砂)의 행렬이라는 감정은 벌써부터였지 차라리 해안선이라면 수월했을 터인데 이미 나는 적수의 뒤편 흑수의 앞쪽으로 발목까지 잠겼다

죽은 자가 내 몸에 글씨를 남겼다 주섬주섬 부패가 진행되어서 신물이 역류하는 이 사람의 용모파기를 보라 누구나 자신을 응시하는 그림자를 가지니까 스스로 어디선가 죽고 있다는 격정 또한 독백이겠다 꿈을 빌린 무덤 군락에는 새떼가 모였다 새 발자국이 분분하였으니 어쩌면 무덤은 먼 곳에 있고 내가 가진 터럭은 전실에 불과하겠다 피 흘리는 점자 손가락이 비문을 더듬고 있다 위 속의 무덤이야말로 벚꽃만 남긴 채 텅텅 비어서 내 삭신과 나의 앞날을 기다리는 아가리인지도 모르겠다

옹이

눈을 빼닮은 옹이, 내 눈동자가 이주했다
누군가 혀가 굳은 입을 옹이라고 필사했다
부러진 나뭇가지가 악도리 팔다리가 되어
악지바르게 흔들리는 것도 챙겼다
그루터기가 자꾸 긁은 부분이라는 뉘우침도
차마 삼키지 못하겠다
이목구비는 연약하게 시작하지만
체온은 이미 들끓는 울력이더라
부풀었던 물집 때문에
잎사귀들뿐이었지만 손뼉 비비면서 점점 가득했지
인면무늬를 불러들이는 새벽 숲에는
눈썹들의 발자국
눈 부릅뜨기에
썩거나(腐節) 죽은(死節) 곳을 자늑자늑 지나갔다
누구에게나 맺힌 옹이,
이제 입의 근원을 말할 때가 되었다

그림자

　가끔 내 그림자가 앞뒤 둘이다 그들은 진하고 연한 색으로 나누어진다 앞 그림자는 언구럭스러워 그늘에 들어가면 실루엣처럼 봉긋하고 뒤 그림자는 무거워 우울증과 비슷하다 흩어지고 모이니 벌거숭이 저들을 쉬이 호명하지 못하겠다 그림자의 눈치를 보며 조심하는 계단을 내려간다 난간은 순간 비틀거리며 그림자의 빈혈을 붙들지만 그림자도 계단을 놓칠세라 육신보다 먼저 이지러진다 잊었던 통증 여럿이 그림자를 으깬다 발목이 뭉개어져도 참아내자 그림자는 흔들리더니 겨우 하나가 된다 등의 육신을 떼어내지 못하니까 자세히 살피면 윤곽이 매끈하지 않다 그림자가 두통을 만지다가 병실을 지나친다

가지가 둥치에서 벋어나온 것이 아니라 둥치에 가지가 박힌 나무가 있다

어떤 나무들은 나무라 하기 전에 이미 나무가 아니다 뒤틀어진 수피와 말라가는 잎을 남긴 채 언걸먹은 나무는 변하고 있다 허무를 참지 못하고 나무가 된 사람이 있었다고 들었다 번뇌를 기다리지 못하고 나무의 체온이 되었다는 것과 무어 다르랴 그 나무가 다시 나무로 변하고 있다 아, 수피와 잎이 앙상하게 변하고 있다 결박을 당한 자세이다 불상을 짊어지고 다니던 수행승처럼 잎새들을 짊어지고 가는 나무가 있다 백로가 밤에도 하얀 날개를 잃지 않듯이 나무에 가지가 기어이 박혀 자리잡듯이 다시 나무가 되는 나무가 있다 세상의 모든 목질을 끌어당긴 나무가 자신을 나무라 할 때까지 나무는 자신의 손가락을 서서히 태워 뻑뻑하게 향을 피운다

고라니 울음

고라니 울음에 고라니가 없다
순한 눈을 생각한다면 나올 수 없는 소리이다
쿠웨웨엑 울음은 고라니가 제 몰골과 성대와 성격을 기이
하게 변형시켜 내는 신음이다
폭우가 심하던 날 몸 비비며 울던 고라니의 덩치가 고스
란히 보였다
왜 그렇게 울었을까 짐작해보니 누군가 저렇게 울었다
일찍 죽은 동생을 두고 사촌형이 그랬다
울지 않던 사람이 울었다
어떤 울음에는 네발이 보인다
그는 종일 슬프기만 했는데도 짐승이었다
고라니 울음에도 육식동물의 체수가 기웃거리고 있다

구기다와 굽다

　시가 써지지 않을 때면 원고지를 구기던 시절이 있었다 우
두망찰 구겨진 종이는 그림자가 부풀어 있다 다시 무어라
중얼거리는 종이의 입말이 거슬린다면 한번 더 구겨버린다
불가해의 그림자를 다루었기에 불가촉한 종이의 탄생이다
그 위를 덮은 폭설은 기시감이다 버려진 종이 대신 젖은 뼈
의 정물이 고였고, 내 것이던 예감은 깃 소매 길 동정 따위만
남았다 나도 저렇게 버려졌다 사람의 일생도 순식간에 구겨
진다 사람은 죽어서 어떻게 누워 있는가 어떤 발자국 하나
는 무겁고 하나는 다쳐서 희디희므로 종이처럼 구겨진다 한
번도 들은 적 없는 비명이 내 입과 비슷해졌다 주검도 그러
하다 쏟아지는 시의 얼굴처럼, 속절없이 종이/주검이라는
별자리만 남는다 망자 앞에서 우는 사람을 구운 신라 토우
는 서러운 진흙이었다 물망(勿忘)의 연두색이 계속 돋았다

3부

이름 대신 슬프고 아름다운 계면(界面)을 얻었다

작년

머칠을 헐었더니
한 해가 시름시름 재빨리 지나갔다

달 이야기

오래된 마을의 달 이야기는 믿을 수 있지
절반은 적막
절반은 맑음
혹은 절반은 인간, 절반은 비밀

얼굴이고 짐승인 것들이 세상의 전부는 아니겠지만

쇠백로 근경

보득솔밭 근경
쇠백로가 날개를 펼치니
먹물이 튀었다
내 뱃속에서도
포쇄를 하자고
언죽번죽 수천 마리 새가 푸득거린다
모든 근육마다 삐걱거리는
노(櫓)를 이해하니까
뼛속까지 따뜻해지더니
금방 공허해진다
부리처럼 길쭉해진 도랑에 봄물이 흐른다
쇠백로는 허공을 움켜쥐는데
나는 날지 못하고
내 뱃속의 새들도 아직 너무 어려서
농담(濃淡)이나 낭비하면서
일자 한 획을 긋는 새떼의 문필을 지켜본다

내가 모르는 또다른 이야기

연잎은 말라가고
새들이 아직 놓지 못하는 연밭
연잎은 하늘에 머물지만 허공과 전혀 다른 사삿일
연잎은 길의 종아리에 쭈뼛 선을 그었다
물 없는 수로와 같은 방향이라지만
연잎은 귓속말에만 쫑긋했다
다른 것과 섞이지 않으려는
제 몸의 여기저기가 애처로운
저녁답의 입김
누렇고 헐렁한 갈색을 도려내어도
눈썹 많은 가을에 머물고 싶다 하는
시간이 다가오고 있다

시월

연잎의 안부가 수척해졌다 누런 잎이 말라가면서 돌돌 말
리니까 함부로 뭉쳐 구겨버린 은박지의 은어(隱語)처럼, 아
니 꽃봉오리를 본 둥 만 둥 부스럭거리니까 이제 연잎에 맺
혔던 꽃자국들만 곱씹을 때인가 허술한 맹세를 부추기는 줄
기까지 합쳐서 시월의 마지막날인데도 왜 꽃이기 전에 누군
가의 시선이라고 생각 못했을까 눈동자가 없기에 뚝 떨어져
서 데굴데굴 굴러가지도 못하는 울컥하는 고요, 이제 내 안
에 남은 것들로만 형편을 짐작하는 시월

1월 15일 맑음

연근밭이 정리되었다
연근을 캐내고 시든 눈썹과 줄기도 솎아내면서 밭은 말
끔해졌다
다랑논처럼 하늘과 인접했다
며칠 지나 어린 잡초가 밭을 덮었지만 아직은 맑다
물이 찰랑거리는 연근밭의 수면이 넓어 성충권이 이사
를 왔다
개구리밥 빽빽한 연근밭에 왜가리의 날개와 날개 그림자들
물위로 식구들이 불어나는 중이다

어린 연잎의 다채로운 색깔들

  물 가득찬 연밭도 말갛다만 작은 연잎이여 나와 같은 손바닥이면서 또 오밀조밀한 손바닥을 가진 네가 물의 부끄리를 찢고 등장했다 순하고 느리기만 했을까 멀고 아득한 것들부터 깨금발로 다가와서 누운 수면 아래 무엇이 칭얼거리는지 너는 물의 반음계를 준비했다 네가 본 것은 죄다 물속에 들어왔다 네가 웃으면 모두 다시 젖었다 연약한 자주색 검은색 검초록 손바닥이 할 수 있는 일이 섞이고 있다 피돌기의 손금을 새기는 연잎이여 초록의 반추식물이여 너는 수면에 기대어 입술도 없이 말문을 열었는데 더듬이 같은 눈꺼풀이 떨리고 있다 간신히 무릎뼈 하나로 기도하는데 근처의 잔물결 떠밀며 너라는 손바닥이 또 피어나는 중이다 체온계를 너에게 건넨다

달맞이꽃

내가 짐작하는 달은 지상에만 제짝이 있다 달빛이 쌓아올린 저녁 너머 달의 일부였던 꽃이 있고, 달을 따라가지 않고 지상에 남았던 꽃은 삭망(朔望)을 되새김질하는데, 그게 슬프지만 않다

달빛은 꽃이 되지 못하지만 꽃잎에 가깝고, 하염없이 늙어가지만 죽지 않는 달을 기억하는 꽃의 노란색 발묵은 기어이 휘발하고 만다

달빛이라는 손가락이 있다면 젖은 송연묵이 떠받치는 성청(聲淸) 고요도 있다

달맞이꽃만이 달빛의 농담(濃淡)에서 비롯된 속삭임을 사용하기에 몇 가지 수화를 익힌 밤의 미간이 점점 찡그려진다

동경(銅鏡)

동경이 품었던 표정을 찾아내자
이름 대신
슬프고 아름다운 계면(界面)을 얻었다
얼굴이 얼굴을 끄집어낸다
청동기시대 처음 얼굴이 비친 대야의 비백(飛白)을 담으
니까
거울이라는 길상(吉祥)이었다
희로애락의 염색은 저절로 무늬로 바뀌었다
옛 나라의 이름도 꽃이며 나비의 연(緣),
사로국은 화식을 하였으며 겨울에는 당중에 부뚜막을 만
들고 여름에는 음식을 얼음 위에 올려놓는다*라는 빗살무늬
뉴좌(鈕座)의 문양도 가능해졌다
짐승들조차 토설 후 음전한 돋을새김이다
그때 금은과 나전은 옻칠을 한껏 머금었기에
몽롱한 소리를 오래 간직했다
너무 많은 눈물로 시작하는 부식
모든 얼굴을 기억하는 얼굴
귀와 입이 서로 섞이면서
얼굴은 거울 안에서 앙금이 되었다
훗날 눈물이 번진 것을 알게끔 푸른색이 번졌다
두 손으로 얼굴을 문지르니
너무 많은 녹이 묻어나온다
언제부터 나는 사로국 사람이었을까

* 진한 12국 중 사로국에 대한 『신당서』의 기록.

황비창천명경*

황비창천의 거울이 별이 되기 위해 바다에 잠길 때 서쪽 노을의 아랫도리마저 뚝뚝 뜯겨나갔다 삼족오와 달이 서로 애모하는 순간이기도 했다 까마귀는 옛 조선에서 날아오매 해가 잠깐 환해져서 금오라고도 불렸다 그믐이 되면 달은 계수나무와 토끼의 숨결까지 억눌렀다가 아미월에 불러 다시 한 달 치의 우거를 세운다 용은 삭망의 바다를 삼켰다가 삭망에 바다를 토해낸다

물고기를 잡으면 내장을 씻고 사슴을 잡으면 피부터 뽑아 낼 일, 삿대를 잡은 사공이 큰 칼로 바다에 넓은 칼질을 했다 일만 마리의 물고기들이 지나가는 손돌목 물결 위에 푸른 배 그림자가 대자로 누웠다 배 아래가 평평한 조운선이었기에 키잡이 초공(梢工)이 쉬이 방향을 잡고 수수(水手)와 격군(格軍)이 도와 세곡을 싣고 합포 석두창에서 개경 경창까지 천 리 물길을 단숨에 열었다 먼먼 물굽이마다 교룡이 물터를 선점하고 비늘을 떨구었다 물의 눈썹 자욱이 근심을 없애는 우식악무늬를 거울에 돋을새김할 때 물길이 본받고 누누 고요하기만 했을까 남쪽 바다 서쪽 바다 먼바다 처처에 꽃내음 같은 황비창천의 율려를 헹구었지만 파도가 종종 기운을 뱉어내어 마음이 서늘하기만 했다 동경마다 정성을 채우고 조운에 부정이 없어야 바다가 기운을 넙죽 받았다 개경 나루의 일천 횃불이 조운선이 오기 사나흘 전에 모두 켜졌다

* 개성에서 출토된 고려시대의 청동거울. 황비창천(惶조昌天)은 이
거울에 새겨진 명문으로 '밝게 빛나는 창성한 하늘'을 뜻한다. 고려
에는 안전한 항해를 기원하며 동경을 바다에 던지는 풍습이 있었다.

용수전각문경

　이건 껴묻거리, 죽은 자를 매장할 때 청자 명기 옆에 내밀하게 묻는다 망자와 동행하여 명부 길을 비추기도 하지만 별이 되기 위해 환과고독을 품는다 눈물이 담긴 호리병을 두들기며 출입하는 무애를 비롯해서 편편 풍입송과 과편도 슬며시 묻힌다 파도는 물이 꿈틀거리며 한없이 비늘을 떨구니까 자꾸 돋아나더니 숨죽이지 못한다 파도와 근심은 서로의 그림자를 가지면서 치솟다가 소멸하고 다시 생멸한다 부상(扶桑) 근처 나무는 탕지까지 잎새를 떨구면서 해와 달을 아로새긴다 주심포의 전각 아래 비죽 문을 열고 모든 행사를 낱낱이 음률로 따지는 사람, 그는 생사를 되풀이하는 악인(樂人)이다

　아박 소리 번지는데 몇 사람이 감람석 교각 너머 읍소하며 엎드려 혼백의 산산(散散)에 대하여 가르침을 기다린다 힘없이 찾아온 사람의 몰골이 서리서리 퀭하기에 그가 짊어진 젊은 망자의 위패는 신산하다 얼굴이 비치는 개울 다리에서 머뭇거리는 여인(麗人)의 하루가 흘러가고 흘러온다 산죽으로 고른 육효가 가지런하다 흰 새떼가 밑도드리에 모였다가 웃도드리에서 흩어질 때 한 시절 망자의 아침부터 근심까지 청동거울에 고스란히 붙들렸다 이건 껴묻거리, 죽은 자의 눈물이라 비탄이며 원한까지 산화락 공양으로 함께 묻는 고려의 풍속이다 우리 모두 몇 겹의 윤회인 채 흘러가고 있는 장단이다

살구와 그들의 세계

살구의 세계 안에 머무는 그들의 살구와 살구의 노크는 물
론 시큼하다, 살구가 영치기영차 날마다 부풀고 있고, 발목
까지 그들의 살구색이 익어간다, 왕배야덕배야 배가 아프면
살구 아프지 않아도 살구, 병치레 이후 여위어간다면 다섯
그루 가벼우면 한 그루의 살구나무를 심는 거지, 나귀가 아
파도 살구를 먹이고 아프지 않아도 살구, 자꾸 달라지는 건
다시 살구 꽃잎, 어스름에서 밤중까지 습기를 머금는 살구,
바람의 짐을 헤아리는 살구, 헛간으로 가는 살구, 슬픔과 기
쁨을 반복하는 살구, 지붕이나 햇볕으로 가는 살구, 수미산
을 찾는 살구, 별이 되는 살구, 살구가 아닌 것들에게도 살
구의 시치미를 붙이고, 눈동자 대신 과육을 채운 살구, 사람
의 팔다리와 살구의 나뭇가지는 같은 살결이니까 살구의 독
이 사람에 스미거나 사람의 이야기가 살구나무에 스민다는
것, 여기서 늙는다는 건 입안의 씨앗을 혓바닥 아래 파종하
며 다시 살구라는 것, 어디로든 갈 수 있는 살구나무가 여기
서 번잡한 살림을 넓힌다는 것, 살구꽃이 온통 가렸기에 같
은 지명 같은 생이 되새김질한다는 것

숲이 없어도 쓸쓸한 희망
—섬 1

바다의 연속이다가
바다의 정거장이면서
수목한계선 위쪽이니까
나무의 기별조차 없는
북쪽의
물매진 섬들은 불면증을 숨기듯
뺨에서 턱까지의 흉터를 달래는데
무우수(無憂樹)를 헤아리지 못하는 비와 풀
그리고 바람의 눈꺼풀까지 덧칠해진 삼중주 속,
내가 듣고 싶은 소리가 아니라
내가 들어야만 하는 소리 때문에
혀를 부드럽게 구부리고 무슨 이름이라도 속삭여보니
숲이 아닌데도 초록이기에
통통통! 유쾌한 고음의 발가락들
어떤 침식과 풍화에도 희로애락이 스며들어서
바다와 닿은 호수의 심장이 먼저 만져진다면
감정의 출발점이 새겨지기에
한 조각의 달콤함이 하릴없이 목구멍을 넘어간다

두 사람이기에 가능한
―섬 2

손에 잡힐 듯 콜투르섬이 보인다 수백 번 사라졌다 치솟은
섬이다 한 번도 누워보지 못한 저기 두 사람이 살고 있다 처
음부터 두 사람인지, 두 사람만 남았는지 요사스럽지만 남
자와 여자이겠지, 남자와 남자라면 어떨까, 여자와 여자인
모녀나 자매조차 견딜 콜투르섬은 높고 낮은 두 개의 봉우
리를 잘 빚어내고 있다 그게 또 맑은 고음이라 한숨짓는다
지붕이며 창문이며 사라지고 드레 돌벽만 남은 집과 빙하가
긁어낸 옆구리는 늑골의 약사(略史)를 번갈아 보여준다 언
젠가 해안으로 떠내려와서 붕대를 풀고 육지가 되고픈 섬의
굽은 손가락 열 개를 죄다 만진 듯하다 바람의 입말을 잘 꿰
고 있는 야생화 흐라프나피파의 하늘거리는 흰 꽃잎이 주야
장천 속삭인다 바닷물 아래 섬으로 오가는 길을 가리키면서

지척지간 모란체(牡丹砌)

체(砌) 우에 규합(閨閤)만 홍건했을까마는
모란 향기는 어디서 찾을까
섬돌에 스민다는 꽃내음,
여울의 잇새가 머금은 낯선 향에 이끌려
동백숲 검은 눈빛 속 마녘까지 왔다네

모란갑천하,
부귀영화의 구렁마다 속눈썹 떨구면서
색조차 햇빛의 배흘림기둥을 마다하지 않으니
모란의 향은 사(辭)와 세문경(細文鏡) 그늘로 숨으면서
낮달처럼 자꾸 여위는구나

물푸레나무

면과 명주는 물푸레 염색이 맞춤이라지
면은 색이 썩 듣지 않지만 명주는 할 때마다 짙어진다는
곁눈질이 재빠르다
향기마저 스민다는 군소리
면에 빨랫줄이 닿아서 어롱이 생긴다는 불평도 있다지
철매염을 해볼까, 철이라는 불굴을 입히는 거지
매염을 되풀이하니 물푸레라는 입말처럼
푸르스름한 회색빛에 입맛이 돈다나 뭐라나
우기의 득음이
푸르르다 포르스름하다 파르족족하다 푸리다 프르다라는
말로 번진다, 시간의 둠벙이 여기 잔뜩 뭉쳤구나
물푸레만의 경 읽기가 처음부터 생활이었다나 뭐라나
물의 잔울음이 앞날에 있다지
나무를 태운 눈물은 누가 손바닥에 헹궈 담는 걸까
하긴, 수청목이라는 이름보다 물푸레가 더 좋다
나무와 물이 함께 푸르르니까
서로 정수리까지 떠받치니까
먹을 갈아 문장을 남길까 눈썹을 그릴까

그냥이라는 고양이

그냥, 이라는 육체에 도달했다 뭐해 그냥 있어 괜찮아 그냥 견딜 만해 그냥은 톡톡거리며 고양이처럼 가볍지만, 식육목의 안면을 굳이 감추지 않는다 아프진 않아 두통이 있지만 그냥 참을 거야 그럴 때 그냥은 붉은 혀를 내민다 그냥은 가끔 수화이기도 하다 그냥이라는 동심원이 아니더라도 그냥은 자주 갸웃거린다 서어하다는 말을 그냥 뱉곤 한다 그냥 일주일에 한 번 그냥은 민감한 수염이 있다 저녁에 만날까 그냥 집에 있을래 길고양이와 그냥의 눈동자는 불안한 세로이다 그냥은 그늘 잠이나 풋잠을 즐긴다 발톱을 부끄러워하는 그냥, 이라는 나이테는 구불구불하다 그냥 아무 말도 하지 말아줘 얼굴만한 햇볕이라도 쬐어야 체온이 유지되는 그냥이다 옥상에서 떨어져도 그림자 혼자 툭툭 말없이 일어날 그냥이다 그냥의 수염은 길고양이가 붙들고 있다

비로자나엽

　바람 부는 날의 잎새들 뒤집어지며 자지러지며 초록의 북
채*인 듯 일렁거릴 때 있다 말해야 하는 것과 말할 수 없는
것들을 옴씹고 뱉는 나뭇잎들이다 어디가 먼저인지 모르지
만 어찌 일렁이는지 잘 보인다 잎들이 왜 넓어야 하는지, 보
이지 않던 쇄골도 잠깐 비친다 바람이 잎새로부터 끄집어내
는 것과 잎새가 바람으로부터 갈망하는 것들이 서로 입 비
비거나, 바람과 잎새가 서로 손바닥을 만들어주는 이유처
럼, 모든 잎새들이 훨훨 날아가려는지, 햇빛이 직접 매달아
준 일만오천 개의 투명한 사라(紗羅)의 날개인지 풍경(風
磬)인지 반짝인다

* 고려 불화에 사용된 기법이다. 비단의 뒷면에 색을 칠해 은은한 색
감이 앞면에 비치도록 한다.

송재학 1955년 경북 영천에서 태어나 포항과 금호강 인근에서 유년 시절을 보냈고 1982년 경북대학교를 졸업한 이래 대구에서 생활하고 있다. 1986년 계간『세계의 문학』을 통해 등단했으며 소월시문학상, 목월문학상, 황순원시인상 등을 수상했다.『얼음시집』『살레시오네 집』『푸른빛과 싸우다』『그가 내 얼굴을 만지네』『기억들』『진흙 얼굴』『내간체(內簡體)를 얻다』『날짜들』『검은색』『슬프다 풀 끗혜 이슬』등의 시집과 산문집『풍경의 비밀』『삶과 꿈의 길, 실크로드』등이 있다.

문학동네시인선 169
아침이 부탁했다, 결혼식을
ⓒ 송재학 2022

1판 1쇄 2022년 5월 3일
1판 2쇄 2022년 9월 14일

지은이 | 송재학
책임편집 | 김수아
편집 | 정은진
디자인 | 수류산방(樹流山房)
본문 디자인 | 유현아
마케팅 | 정민호 이숙재 박치우 한민아 이민경 박지영 안남영 김수현 정경주
브랜딩 | 함유지 함근아 김희숙 박민재 박진희 정승민
제작 | 강신은 김동욱 임현식
제작처 | 영신사

펴낸곳 | (주)문학동네
펴낸이 | 김소영
출판등록 | 1993년 10월 22일 제2003-000045호
주소 | 10881 경기도 파주시 회동길 210
전자우편 | editor@munhak.com
대표전화 | 031) 955-8888 팩스 | 031) 955-8855
문의전화 | 031) 955-3579(마케팅), 031) 955-2675(편집)
문학동네카페 | http://cafe.naver.com/mhdn
트위터 | @munhakdongne
북클럽문학동네 | http://bookclubmunhak.com

ISBN 978-89-546-8479-8 03810

문학동네